Le Grand Troupeau

FichesdeLecture.com

Le Grand Troupeau
(Fiche de lecture)

I. INTRODUCTION

L'auteur

Jean Giono est un romancier et scénariste français, né à Manosque (en Provence) en 1895, et décédé en 1970. L'œuvre qu'il laisse derrière lui est très personnelle, célèbre souvent la nature et décrit avec admiration les sociétés rurales, sans pour autant les idéaliser. Jean Giono était aussi un pacifiste, qui s'interrogeait sur la nature humaine et en explorait tous les aspects, y compris les plus sombres. Malgré des sollicitations fréquentes et un éphémère rapprochement avec le Parti communiste, il s'est toujours tenu éloigné des organisations politiques. Parmi ses œuvres les plus importantes, on peut citer *Collines*, *Regain*, *Un roi sans divertissement*, *Le hussard sur le toit* et *L'homme qui plantait des arbres*.

L'œuvre

Le Grand troupeau est un roman de Jean Giono paru en 1931, moins de quinze ans après la fin de la Première Guerre mondiale. L'auteur, qui a participé au conflit, dénonce toute la violence et toute l'absurdité d'une guerre qu'on surnommait alors « *la der des ders* », et il s'intéresse à deux de ses aspects : le quotidien des soldats, c'est-à-dire les souffrances physiques et mentales, les corps mutilés et le désespoir parmi les hommes, et le quotidien des autres. Les autres, ce sont ceux qui sont restés dans les villages et qui doivent s'organiser pour assurer les tâches quotidiennes. Véritable plaidoyer pacifiste, *Le Grand Troupeau* est aussi l'occasion pour Giono de reprendre un de ses motifs favoris, celui de la Nature. Les descriptions poétiques de la vie rurale et la personnification des éléments naturels transforment la Nature en un véritable personnage, qui comme les humains, est une des victimes collatérales du conflit.

II. RÉSUMÉ DU ROMAN

Première partie

Depuis que les hommes sont partis à la guerre, les femmes et les vieillards du plateau de Valensole s'organisent pour assurer les tâches quotidiennes. Un jour, sous une chaleur écrasante, les villageois regardent passer un immense troupeau de bêtes épuisées conduites par deux bergers. Les animaux les plus faibles meurent sur le bord de la route sans que le troupeau cesse d'avancer, et ce spectacle macabre alourdit un climat déjà bien pesant. De peur que son bouc ne meure de fatigue, le berger Thomas le confie aux habitants d'une ferme en espérant qu'il pourra le reprendre plus tard.

Joseph, fermier de Valensole, a été envoyé sur les champs de bataille. Sa femme Julia, sa sœur Madeleine et son père Jérôme attendent son retour à la ferme des Chauranes sans savoir que, suite à une mission qui a mal tourné, Joseph se retrouve dans une situation délicate. Il est isolé en pleine nature et doit veiller sur ses deux compagnons d'armes, blessés, à qui il procure de l'eau et qu'il tente de rassurer comme il peut. Mais, les secours tardent à arriver et les deux soldats mutilés meurent dans les bras de Joseph impuissant.

Pendant ce temps au village, les femmes essaient de pallier l'absence de leurs maris et redoublent d'efforts pour subvenir aux besoins de leurs familles. La petite Madeleine, sœur de Joseph, espère revoir bientôt Olivier. Bien que Joseph ait interdit à sa sœur de le fréquenter, elle continue de l'aimer en cachette. Elle aussi, comme les autres femmes du village, attend qu'il revienne du front.

Deuxième partie

À la ferme des Chauranes, Madeleine, Julia et Jérôme reçoivent une lettre de Joseph. Une lettre qui se veut rassurante, dans laquelle Joseph explique que tout ira bien pour lui tant qu'il reste prudent, sans pour autant leur cacher qu'il va bientôt partir pour le front. Au village, un employé de la mairie accomplit son pénible devoir. C'est à lui que revient la responsabilité de prévenir les familles lorsque l'un des leurs meurt à la guerre, et ce jour-là, il se rend chez une certaine Félicie. Il lui apprend que son mari est mort au combat et Félicie organise une veillée funèbre le soir même. Presque tous les habitants du village viendront saluer le cercueil vide du défunt.

Le même jour, Olivier, alors en permission, est venu retrouver Madeleine. Les deux amants passent la journée ensemble, à l'abri des regards, et le soir, ils se rendent tous les deux chez Félicie.

Le lendemain, Olivier rejoint son régiment où il y fait la rencontre de Regotaz, un bucheron de métier un peu fantasque et amoureux fou de la nature. Les deux hommes sympathisent en chemin et arrivent sur un champ de bataille où les bombes pleuvent. La situation n'est pas meilleure pour Joseph qui de son côté, découvre les horreurs de la guerre, en traversant des zones où les mutilés et les cadavres sont en nombre impressionnant. Les batailles qu'ils livrent vont avoir des conséquences terribles pour les personnages : Regotaz est tué au cours d'un combat tandis que Joseph, qui se bat sur un autre front, est blessé au bras. Il ne le sait pas encore, mais la blessure est plus sévère qu'il ne le pense.

Pendant ce temps sur le plateau de Valensole, une personne malhonnête profite de la guerre pour acheter des chèvres à bas prix, en faisant croire aux paysans qu'il s'agit d'une réquisition pour les soldats. En attendant que son mari revienne, Julia fait tout ce qu'elle peut pour assurer la survie de la famille. Elle travaille à longueur de journée et négocie la vente d'une de ses truies avec le boucher du village. Son mari lui manque, et une chose l'inquiète de plus en plus. Elle supporte difficilement cette période d'abstinence forcée et sent monter en elle un désir qu'elle ne peut assouvir, et qu'elle tente d'oublier en redoublant d'efforts dans le travail.

Troisième partie

Olivier, son capitaine et un autre soldat qu'on surnomme La Poule sont les seuls survivants des derniers combats qui ont eu lieu. Ils se réfugient dans une ferme, accueillis par une paysanne qui accepte qu'ils y passent la nuit. À Valensole, Julia s'effondre en apprenant une terrible nouvelle : Joseph a été amputé d'un bras. Bouleversée, elle part se réfugier dans une grange où elle pleure un long moment. Elle pense à sa jeunesse et aux années de bonheur passées aux côtés de Joseph. À sa tristesse s'ajoute un manque charnel qu'elle ressent et qui ne cesse d'augmenter en l'absence de son mari. Incapable de résister plus longtemps à ce désir insatiable, elle finit par tromper Joseph avec un déserteur qui se cache dans les environs du village.

Olivier est venu voir Madeleine, puis il est reparti au front. Il découvre la vie monotone et insalubre des tranchées. Là où les hommes attendent pendant des jours qu'on ordonne l'assaut, où ils s'ennuient, et où ils se disputent souvent entre eux. Une nuit, Olivier croise Regotaz. Il est heureux de revoir celui qu'il croyait mort, mais comprend rapidement qu'il ne s'agit que d'un rêve. La guerre entame la santé mentale des hommes. Le capitaine d'Olivier parle parfois seul et à voix haute, et il sombre chaque jour un peu plus dans la folie. Mais, il n'en a pas pour autant perdu son humanité, et le prouve en décidant d'épargner un soldat allemand que ses hommes ont capturé.

Au village, Madeleine découvre qu'elle attend un enfant d'Olivier. Elle panique et imagine pouvoir garder le secret, mais Julia la surprend en train de pleurer. Comprenant rapidement ce qui se passe, elle lui propose de l'aider à avorter, mais les méthodes artisanales qu'elles emploient ne donnent rien et Madeleine décide de garder l'enfant. Lorsque Joseph revient au village, il est très en colère d'apprendre que sa petite sœur attend un enfant d'Olivier.

Pendant ce temps, Olivier participe à une bataille meurtrière au mont Kemmel. C'est un épouvantable massacre, avec de nombreuses victimes des deux côtés. Olivier et La Poule réussissent à s'en sortir vivants en s'échappant à travers les charniers. Ils s'éloignent d'un champ de bataille où l'horreur est omniprésente, et survivent à ce qui sera la dernière bataille pour Olivier.

La guerre est terminée depuis quelque temps et Olivier est revenu au village. Madeleine est en train d'accoucher pendant qu'il attend à l'extérieur. Il est anxieux et en colère, car il en veut à Julia d'avoir proposé à Madeleine d'avorter, même s'il comprend les raisons qui l'ont poussé à agir ainsi. Le berger Thomas est revenu pour récupérer son bélier et salut en passant le nouveau-né. L'espoir d'une vie meilleure est en train de réapparaitre peu à peu dans le village.

III. PRÉSENTATION DES PERSONNAGES

Personnages principaux

- Joseph

Joseph un fermier, mari de Julia et fils de Jérôme. C'est un homme courageux, fort et solide, très attaché à sa femme. Il est aussi très proche de sa petite sœur Madeleine, mais dur avec elle. Il lui interdit de fréquenter Olivier et réagit violemment lorsqu'il apprend qu'elle attend un enfant.

Sa relation avec sa sœur est complexe et révèle un caractère contrasté, mais avec les autres, il est humain, bon et serviable. Plusieurs fois sur le champ de bataille, il réconforte ceux qui souffrent et s'occupe d'eux, en espérant réussir à les sauver. Suite à une blessure, il sera amputé d'un bras.

- Julia

Julia est l'épouse de Joseph. C'est une femme travailleuse, robuste et courageuse. Durant l'absence des hommes, c'est surtout elle qui s'occupe des travaux à la ferme et qui soutien le reste de la famille. Elle est très sensible, pense souvent à son mari et aux années envolées de leur jeunesse, ce qui la rend mélancolique.

Julia est aussi pleine d'un désir charnel qu'elle a du mal à contrôler en l'absence de son époux. Cette abstinence forcée depuis que Joseph est parti la tourmente. Elle culpabilise parce qu'elle est attirée par d'autres hommes, et tente de réfréner son désir comme elle peut sans y parvenir. Elle finira par tromper Joseph avec un déserteur de l'armée qui se cache près du village.

- Olivier

Olivier est un jeune homme du village enrôlé dans l'armée. C'est le fils du papé et de Delphine, et l'amant secret de Madeleine dont il est très amoureux. Chaque fois qu'il a une permission, il essaie de passer le plus de temps possible avec elle, mais en cachette.

Garçon sensible et peu bavard, il va découvrir les horreurs de la guerre et participer à la terrible bataille du mont Kemmel, qui le marquera profondément. Madeleine et Olivier auront un enfant, qui peut-être l'aidera à oublier la guerre et à se tourner vers l'avenir.

- Madeleine

Madeleine est la sœur de Joseph et la fille de Jérôme. C'est une jeune fille très serviable et radieuse, qui aide comme elle peut les femmes et vieillards du village pendant la guerre. Elle aime Olivier, mais ils s'aiment en cachette, car Joseph, son grand frère, lui a interdit de fréquenter ce jeune homme.

Lorsqu'elle apprend qu'elle est enceinte, Madeleine s'effondre. Elle ne sait pas comment réagir et accepte dans un premier temps la proposition de Julia, qui veut l'aider à avorter. Mais elle décidera de garder l'enfant, et va officialiser sa relation avec Olivier.

Personnages secondaires

- Jérôme

Jérôme est le père de Joseph et Madeleine. Il vit à la ferme des Chauranes, entouré des siens. Il est trop vieux pour assurer seul les travaux de la ferme en l'absence de Joseph.

- Le papé et Delphine

Ce sont les parents d'Olivier. Comme Jérôme, eux aussi ont du mal à assumer les tâches quotidiennes sans l'aide de leur fils.

- Le berger Thomas

Le berger Thomas apparait au début du roman, lorsqu'il guide à travers le village l'immense troupeau de bêtes épuisées dont il a la responsabilité. Il confie son bélier mourant à Jérôme, en espérant qu'un peu de repos lui sauvera la vie. Il revient à la fin du roman pour récupérer l'animal, et son retour symbolise à ce moment du récit un espoir pour l'avenir.

- Regotaz

Regotaz est un soldat, compagnon d'Olivier. Dans le civil, il est bucheron, et en grand amoureux de la nature, il n'aime rien de plus que de passer des journées entières dans les bois. Il est un peu fou, un peu surprenant, mais Olivier l'apprécie beaucoup.

IV. AXES DE LECTURE

Jean Giono dans ***Le Grand Troupeau*** partage son expérience du front et s'engage résolument contre les guerres. Le roman qu'il écrit est celui d'un pacifiste, dans lequel on retrouve des thèmes chers à l'auteur. La nature, motif récurrent dans son œuvre, tient une place très importante dans le livre.

– L'engagement pacifiste

Images de l'horreur

Jean Giono a été très marqué par la guerre. Ce fut pour les hommes de sa génération une expérience traumatisante, porteuse d'images atroces qu'ils n'ont pas oubliées. Pendant toutes les années 1920, les populations répétaient que la guerre avait été une horreur qui ne devrait plus jamais se reproduire. Une horreur que Giono décrit minutieusement, en essayant de faire prendre conscience aux lecteurs de ce qu'est la réalité sordide d'un conflit. Il parle de la guerre sans parler de ses enjeux, mais plutôt en la décrivant telle qu'elle se passe sur le terrain, avec une précision froide et sans rien cacher, au risque de choquer.

Quand il décrit le cadavre de Regotaz, l'ami d'Olivier, il parle d'un visage qui n'était plus que *« de la chair broyée et des hérissements de petits os blancs »*. Une photographie de l'horreur, comme beaucoup d'autres dans le récit. Celles d'un soldat qui *« était tout empêtré dans ses tripes »* et qui *« les tira comme ça en dehors de son ventre »*, de rats qui dévorent les cadavres, etc. Giono montre tout et ne craint pas de heurter la sensibilité du lecteur en multipliant les images de l'effroyable. Ce cheminement à travers l'horreur de la guerre s'intensifie jusqu'à la bataille du mont Kemmel, qui en est l'apogée. Olivier est au cœur d'un charnier que Giono décrit longuement, en montrant consciencieusement ce qu'est la réalité du terrain lorsqu'une guerre éclate.

L'autre réalité de la guerre

La guerre concerne aussi les autres, c'est-à-dire tous ceux qui n'ont pas été enrôlés par l'armée et qui s'organisent pour compenser la force de travail des hommes absents. Ce sont les vieillards, les enfants, et surtout les femmes qui travaillent énormément. Elles se sentent terriblement seules, comme Julia qui confie au début que *« c'était dur d'être séparés des hommes »*. Une solitude dont Madeleine parle avec ces mots : *« je suis là, à mourir toute seule »*.

Les familles vivent dans l'angoisse de recevoir une mauvaise nouvelle par le courrier et chaque fois qu'une lettre arrive, elles sont effrayées à l'idée de ce qu'elles pourraient apprendre. Ce sont des proies faciles pour les profiteurs, qui entrent dans les villages et qui essayent d'escroquer les vieillards. Giono décrit la vie quotidienne de cette partie de la population et aborde aussi des sujets plus intimes.

Il nous montre Julia qui supporte difficilement cette période d'abstinence forcée depuis que Joseph est parti. Elle a du mal a contenir le trop plein de désir qu'elle a en elle, et qu'elle perçoit comme un mal qui n'a *« pas de remède »*. Elle s'en veut d'avoir parfois des pensées adultères et se sent coupable. Julia implore que *« que tout ce qui est dans mon corps ne monte plus dans ma tête »*, mais cédera malgré tout à la tentation, et trompera Joseph, sans que pour autant l'auteur en parle de manière négative, ni morale. Ce que Giono décrit, c'est un désir naturel qu'elle a du mal à réfréner et que la guerre a provoqué.

Critiques des discours belliqueux

Jean Giono s'est presque toujours tenu à l'écart des partis politiques, et dans **Le Grand Troupeau** son point de vue sur la guerre est strictement pacifiste, au sens où il ne parle pas des causes du conflit et ne prend pas position pour un camp ou pour l'autre. En revanche, il s'attarde sur les humains qui subissent les événements. Il décrit les sentiments, les souffrances, les peurs, en se plaçant systématiquement à la hauteur de ses personnages. Toutefois, si on observe un peu plus le texte, on trouve des critiques à peine voilées sur le comportement des élites. Alberic par exemple leur reproche d'avoir trompé les citoyens : *« les premiers on leur disait des glorioles. La patrie ! Le Champ d'honneur ! (...) Maintenant tu te sens toi de dire encore ça ? »*.

Pour Giono, au bout des discours trompeurs, il y a des morts, et les hommes au pouvoir ont une lourde responsabilité. Car comme le dit le berger Thomas, « *on ne doit jamais mener le troupeau pour le massacre* » ce à quoi il ajoute : « *Mieux vaut renier les hommes* ».

Par renier les hommes, le berger veut-il dire déserter ? C'est-à-dire prendre le risque de s'exclure de la société en devenant un hors la loi qui aurait refusé l'uniforme ? C'est un risque auquel invitent les pacifistes, pour qui la paix est au-dessus de tout, et encore plus depuis le traumatisme provoqué par la Première Guerre mondiale.

– Métaphores et personnifications

Le troupeau des humains

D'un bout à l'autre du roman, on retrouve la même métaphore (c'est donc une métaphore filée, c'est-à-dire une métaphore récurrente avec des variations), celle qui a donné son titre au roman, **Le Grand Troupeau**. **Le Grand Troupeau**, ce sont les hommes qui obéissent et qu'on conduit au massacre sans qu'ils se révoltent, ce sont « *des bêtes de bonne santé et de bons sentiments* ».

La métaphore réapparait sous diverses formes. Giono parle plusieurs fois de moutons, pour évoquer la docilité avec laquelle les hommes se laissent conduire sans réagir, alors qu'on les envoie à la mort. Il écrit « *des hommes embrigadés comme des moutons* » et compare les marches de troupe sur la route à une « *assemblée des moutons* ». Dans l'armée, on se déplace régulièrement sur de longues distances, et en 1914, on le fait le plus souvent en marchant. Les hommes sont déplacés comme des troupeaux de bêtes, et suivent les officiers, car « *la tête du troupeau tire et entraine tout* ».

Giono compare aussi les hommes à des bœufs, car le bœuf est l'animal dont le destin tragique est de terminer dans un abattoir. Les soldats sont « *dans les wagons, des bœufs (...) gémissaient une détresse humaine* » et lorsqu'ils marchent « *Ils vont, pesant comme des bœufs. La tête basse...* » Il associe l'image du bœuf aux motifs du sang et de la viande, et il décrit minutieusement le travail du boucher de Valensol, ou le vidage d'un lapin par Madeleine, autant d'images liées au thème de la chair, que ce soit la chair de l'animal ou la chair à canon. La viande de l'animal se confond avec les corps des soldats qui envahissent les lits d'hôpitaux, hôpitaux dans lesquels « *on venait décharger de la viande à pleins brancards* ».

Personnification

La personnification est un procédé littéraire qui consiste à attribuer des propriétés humaines à un objet ou à un sujet, vivant ou non. Dans **Le Grand Troupeau**, Jean Giono procède à une personnification de la Nature, pour des raisons qui seront abordées plus tard. La Nature tient une place très importante dans son œuvre, et lorsqu'il la décrit dans **Le Grand Troupeau** il en parle comme d'une personne humaine.

Il écrit par exemple que « *la forêt abaissait et gonflait lentement sa grande poitrine de branches* » ou que le vent « *remue les bras ou les doigts* » et parle de « *la pluie qui criait* ». Décrite de cette manière, la nature devient sensuelle, plus proche de l'homme, capable d'émotions et donc de souffrir comme les humains des conséquences de la guerre.

Giono aime la Nature et la défend contre l'homme, un propos qui apparait de manière très explicite à travers le personnage de Regotaz, autrefois bucheron dans le monde civil. Regotaz avoue à Olivier qu'il est amoureux de la nature et il relaie, lorsqu'il prend la parole, la personnification entreprise par l'auteur. Il s'adresse à la forêt par ces mots, « *ma belle, je suis là* », et dit lorsqu'il la traverse : « *et je suis parti, dans elle* ».

L'auteur procède à une personnification de la Nature aussi pour dénoncer les ravages de la guerre sur l'environnement. Car la guerre ne détruit pas que les hommes, elle s'attaque à l'ensemble du vivant.

–   La Nature défigurée

Gâcher la vie

Le vieux Burle répète souvent, quand on lui parle de la guerre, que faire la guerre, c'est « *Gâcher la vie !* ». On peut se demander ce qu'il entend exactement par « *Gâcher la vie !* ». Si le vieux paysan taciturne voulait parler uniquement des vies humaines, il aurait plutôt dit que faire la guerre, c'était « Gâcher *des* vies ».

Ce qu'il sous-entend nous éclaire sur la position de Jean Giono, à savoir que la guerre est une agression de la vie au sens large, c'est-à-dire un coup porté à l'ensemble du vivant. Les hommes, mais aussi les animaux, les plantes, en un mot la Nature, sont tous des victimes de la guerre.

Les canons, les fusils, les obus, les explosions de ferraille et de substances artificielles défigurent la Nature et la transforment en un tas de boue morne et sans vie.

La personnification de la Nature par l'auteur, étudiée précédemment, prépare le spectacle tragique de sa destruction. En la dotant de traits humains, Giono sensibilise efficacement le lecteur aux agressions que la Nature va subir, et procède ensuite à des variations sur le motif d'une Nature que la guerre défigure, dont voici quelques exemples : « *une batterie de canons creva la brume* », « *des trous d'obus tout frais crevaient les champs* » et parlant d'un soldat qui creuse dans la terre « *il l'éventrait à grands coups d'outils* ».

La Nature est dotée d'un corps humain, au moins aussi fragile que celui des soldats. Elle peut saigner, « *des granges enflammées saignent une épaisse fumée rousse* », tandis que les maisons possèdent des organes semblables aux nôtres : « *un gros village étripé et qui perd ses boyaux dans les champs* ».

Après les batailles, ils ne restent plus que des paysages dévastés, sordides, qui préfigurent la disparition possible de la Nature à cause de l'homme. Ce sont des paysages où « *il n'y a avait plus d'arbres (...) les coteaux n'étaient que des os de craie, tout décharnés* ».

Agressée par l'homme, la Nature se rebelle contre eux. Les mauvaises herbes surgissent partout dans les villages depuis qu'on a plus le temps de s'en occuper, et là où la nature était domestiquée, tout près des maisons, l'auteur remarque que les choses ont changé : « *maintenant tout débordait* ».

Métaphore de la boue

La Nature défigurée par l'homme et mourante laisse place à un élément nouveau, la boue, sorte d'antinature et autre grande métaphore sur laquelle le roman est construit. La boue a deux fonctions dans le roman. Elle symbolise la négation du vivant : un monstre crée par la guerre qui engloutit tout, les hommes, les végétaux, les animaux, les éclats d'obus, les carcasses de véhicules, pour les régurgiter en une grande masse informe, sans couleur et sans vie.

Elle symbolise aussi le destin des soldats. La boue s'empare des corps, d'abord discrètement, par exemple lorsque « *Olivier glissait dans le fossé* » et que les hommes tentent d'y échapper en faisant « *des détours pour éviter la boue* ». Malgré les précautions, la boue s'accroche aux corps et aux vêtements. Olivier, trop épuisé pour se nettoyer se retrouve avec des « *joues de terre sur le visage* », tandis que Joseph à l'hôpital est gêné par « *la boue d'éther qui bouchait sa gorge* ».

Les hommes sont plongés dans la boue, car ils font une guerre de tranchées, et c'est pourquoi Giono dit d'Olivier qu'« *il était dans un trou. (...) Il était dans la terre.* » Les soldats détruisent la Nature pour creuser des tranchées et se retrouvent du même coup happés par la boue. Autant d'images qui ont marqué Jean Giono lorsqu'il était soldat, comme celles « *de gros boulets de terre au bout de ses jambes maigres* », de morts qui « *avaient la figure dans la boue* », « *l'œil pourri et plein de boue* » ou encore celles des camions qui « *glissaient dans les ondulations de la terre* ».

Finir sur une note d'espoir ?

Le souvenir de la guerre est vif chez Giono, et accompagné de séries d'images bouleversantes qu'il n'a pas oubliées. Il les évoque dans le roman et raconte les corps mutilés, les empilements de cadavres, l'agression généralisée du vivant et de la Nature, et la transformation de notre monde en un vaste ensemble sans formes ni couleurs sous les effets des affrontements.

Malgré cette description cauchemardesque, l'auteur garde-t-il espoir ? Y a-t-il des indices dans le roman qui nous autorisent à penser qu'il n'a pas définitivement perdu confiance en la nature humaine ?

On remarque dans le roman que les hommes sont capables d'actes de solidarité en cas de crise majeure. Une solidarité qui permet d'assurer la vie quotidienne dans les villages et de soutenir le moral des soldats dans les tranchées. Tous les hommes ne sont pas devenus des assassins, et beaucoup ont conservé leur humanité. Le prisonnier à qui on impose d'aider Félicie est bien traité, et on remarque que le capitaine d'Olivier épargne un soldat allemand capturé par ses hommes. Un acte de bonté qui lui rend un temps le sourire qu'il avait perdu, et grâce auquel « *on voyait maintenant son beau visage* ».

Mais surtout, l'espoir possible se manifeste dans la dernière scène du livre et renait avec la naissance de l'enfant de Madeleine et Olivier. Pour cet enfant, un monde meilleur mérite d'être construit, car comme le dit le berger Thomas « *Il faut que nous lui fassions voir ce que c'est l'espérance* ». Les cris du bébé qui vient de naitre sont qualifiés de « *gueulements de l'espérance* ».

L'auteur refuse de terminer son roman sans laisser une fenêtre ouverte sur la possibilité d'un autre monde, sur une note d'espoir, sans inviter ses contemporains à espérer des jours meilleurs. Malheureusement, ce qu'il ne sait pas encore, c'est qu'une nouvelle guerre encore plus violente éclatera dans quelques années.

Dans la même collection en numérique

Les Misérables
Le messager d'Athènes
Candide
L'Etranger
Rhinocéros
Antigone
Le père Goriot
La Peste
Balzac et la petite tailleuse chinoise
Le Roi Arthur
L'Avare
Pierre et Jean
L'Homme qui a séduit le soleil
Alcools
L'Affaire Caïus
La gloire de mon père
L'Ordinatueur
Le médecin malgré lui
La rivière à l'envers - Tomek
Le Journal d'Anne Frank
Le monde perdu
Le royaume de Kensuké
Un Sac De Billes
Baby-sitter blues
Le fantôme de maître Guillemin
Trois contes
Kamo, l'agence Babel
Le Garçon en pyjama rayé
Les Contemplations

Escadrille 80

Inconnu à cette adresse

La controverse de Valladolid

Les Vilains petits canards

Une partie de campagne

Cahier d'un retour au pays natal

Dora Bruder

L'Enfant et la rivière

Moderato Cantabile

Alice au pays des merveilles

Le faucon déniché

Une vie

Chronique des Indiens Guayaki

Je voudrais que quelqu'un m'attende quelque part

La nuit de Valognes

Œdipe

Disparition Programmée

Education européenne

L'auberge rouge

L'Illiade

Le voyage de Monsieur Perrichon

Lucrèce Borgia

Paul et Virginie

Ursule Mirouët

Discours sur les fondements de l'inégalité

L'adversaire

La petite Fadette

La prochaine fois

Le blé en herbe

Le Mystère de la Chambre Jaune

Les Hauts des Hurlevent

Les perses

Mondo et autres histoires

Vingt mille lieues sous les mers

99 francs

Arria Marcella

Chante Luna

Emile, ou de l'éducation
Histoires extraordinaires
L'homme invisible
La bibliothécaire
La cicatrice
La croix des pauvres
La fille du capitaine
Le Crime de l'Orient-Express
Le Faucon malté
Le hussard sur le toit
Le Livre dont vous êtes la victime
Les cinq écus de Bretagne
No pasarán, le jeu
Quand j'avais cinq ans je m'ai tué
Si tu veux être mon amie
Tristan et Iseult
Une bouteille dans la mer de Gaza
Cent ans de solitude
Contes à l'envers
Contes et nouvelles en vers
Dalva
Jean de Florette
L'homme qui voulait être heureux
L'île mystérieuse
La Dame aux camélias
La petite sirène
La planète des singes
La Religieuse
1984 A l'Ouest rien de nouveau
Aliocha
Andromaque
Au bonheur des dames
Bel ami
Bérénice
Caligula
Cannibale
Carmen

Chronique d'une mort annoncée

Contes des frères Grimm

Cyrano de Bergerac

Des souris et des hommes

Deux ans de vacances

Dom Juan

Electre

En attendant Godot

Enfance

Eugénie Grandet

Fahrenheit 451

Fin de partie

Frankenstein

Gargantua

Germinal

Hamlet

Horace

Huis Clos

Jacques le fataliste

Jane Eyre

Knock

L'homme qui rit

La Bête humaine

La Cantatrice Chauve

La chartreuse de Parme

La cousine Bette

La Curée

La Farce de Maitre Pathelin

La ferme des animaux

La guerre de Troie n'aura pas lieu

La leçon

La Machine Infernale

La métamorphose

La mort du roi Tsongor

La nuit des temps

La nuit du renard

La Parure

La peau de chagrin

La Petite Fille de Monsieur Linh

La Photo qui tue

La Plage d'Ostende

La princesse de Clèves

La promesse de l'aube

La Vénus d'Ille

La vie devant soi

L'alchimiste

L'Amant

L'Ami retrouvé

L'appel de la forêt

L'assassin habite au 21

L'assommoir

L'attentat

L'attrape-coeurs

Le Bal

Le Barbier de Séville

Le Bourgeois Gentilhomme

Le Capitaine Fracasse

Le chat noir

Le chien des Baskerville

Le Cid

Le Colonel Chabert

Le Comte de Monte-Cristo

Le dernier jour d'un condamné

Le diable au corps

Le Grand Meaulnes

Le Grand Troupeau

Le Horla

Le jeu de l'amour et du hasard

Le Joueur d'échecs

Le Lion

Le liseur

Le malade imaginaire

Le Mariage de Figaro

Le meilleur des mondes

Le Monde comme il va

Le Parfum

Le Passeur

Le Petit Prince

Le pianiste

Le Prince

Le Roman de la momie

Le Roman de Renart

Le Rouge et le Noir

Le Soleil des Scortas

Le Tartuffe

Le vieux qui lisait des romans d'amour

L'Ecole des Femmes

L'Ecume Des Jours

Les Bonnes

Les Caprices de Marianne

Les cerfs-volants de Kaboul

Les contes de la Bécasse

Les dix petits nègres

Les femmes savantes

Les fourberies de Scapin

Les Justes

Les Lettres Persanes

Les liaisons dangereuses

Les Métamorphoses

Les Mouches

Les Trois mousquetaires

L'étrange cas du Dr Jekyll et de Mr Hyde

L'Ile Au Trésor

L'île des esclaves

L'illusion comique

L'Ingénu

L'Odyssée

L'Ombre du vent

Lorenzaccio

Madame Bovary

Manon Lescaut

Micromégas

Mon ami Frédéric

Mon bel oranger

Nana

Ne tirez pas sur l'oiseau moqueur

Notre-Dame de Paris

Oliver twist

On ne badine pas avec l'amour

Oscar et la dame rose

Pantagruel

Le Misanthrope

Perceval ou le conte du Graal

Phèdre

Ravage

Roméo et Juliette

Ruy Blas

Sa Majesté des Mouches

Si c'est un homme

Stupeur et tremblements

Supplément au voyage de Bougainville

Tanguy

Thérèse Desqueyroux

Thérèse Raquin

Ubu Roi

Un Barrage contre le Pacifique

Un long dimanche de fiançailles

Un secret

Vendredi ou la vie sauvage

Vipère au poing

Voyage au bout de la nuit

Voyage au centre de la terre

Yvain ou le Chevalier au lion

Zadig

À propos de la collection

La série FichesdeLecture.com offre des contenus éducatifs aux étudiants et aux professeurs tels que : des résumés, des analyses littéraires, des questionnaires et des commentaires sur la littérature moderne et classique. Nos documents sont prévus comme des compléments à la lecture des oeuvres originales et aide les étudiants à comprendre la littérature.

Fondé en 2001, notre site FichesdeLectures.com s'est développé très rapidement et propose désormais plus de 2500 documents directement téléchargeables en ligne, devenant ainsi le premier site d'analyses littéraires en ligne de langue française.

FichesdeLecture est partenaire du Ministère de l'Education du Luxembourg depuis 2009.

Plus d'informations sur www.fichesdelecture.com

Notes :